ORIGINE,

ANTIQUITÉS DE PARIS

ET

HISTOIRE DE ROUEN

mises en chansons au XVIIIe siècle

PAR

Poirier dit le Boiteux.

PUBLIÉES AVEC UNE INTRODUCTION

PAR

UN BIBLIOPHILE ROUENNAIS.

Trois eaux-fortes, de J. Adeline.

PARIS	ROUEN
F. AUBRY,	C. LANCTIN,
Rue Séguier, 18.	Rue de la Grosse-Horloge

1873

PARIS ROUEN

ORIGINE ANTIQUITÉS HISTOIRE.

ORIGINE,
ANTIQUITÉS DE PARIS

ET

HISTOIRE DE ROUEN

Mises en chansons au XVIIIe siècle

PAR

Poirier dit le Boiteux.

PUBLIÉES AVEC UNE INTRODUCTION

PAR

UN BIBLIOPHILE ROUENNAIS

Trois eaux-fortes, de J. Adeline.

PARIS | ROUEN

A. AUBRY, | C. LANCTIN,
Rue Séguier, 18. | Rue de la Grosse-Horloge.

1873

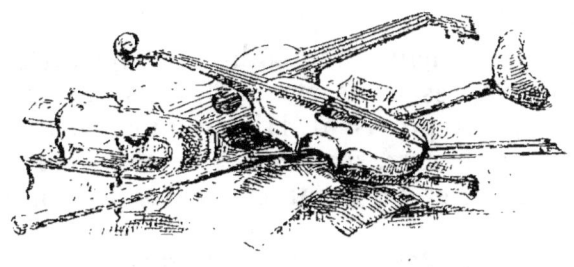

INTRODUCTION.

L a Chanson, cette poésie de peu d'étendue,
alerte, joyeuse souvent jusqu'à l'indiscré-
tion, cette Muse de l'Amour et de l'Ivresse, par
exception seulement devenue politique et
frondeuse, a eu parfois de singulières audaces;
elle s'est faite tour à tour Fabuliste sur les
traces de La Fontaine (1)... Grammairienne à

(1) *Recueil de Fables choisies dans le goût de
M. de la Fontaine, sur de petits airs et vaudevilles connus,* Paris, 1740, 1743, 1767, 1785, pet.
in-12.

l'imitation des Vaugelas et des Lhomond (1), elle a mis en cadence au profit des émules de Vatel les ragouts et les sauces (2) ; en d'autres temps elle a essayé, tantôt ironiquement et tantôt gravement, d'apprendre au peuple, article par article, ses droits et ses devoirs (3), puis encore, s'improvisant Historienne, n'a pas craint de chanter, sur des airs de pont-neuf, la Révolution et ses lugubres drames (4) ; enfin,

(1) *La Cantatrice grammairienne ou l'Art d'apprendre l'Orthographe françoise seul, sans le secours d'un maître, par le moyen des Chansons érotiques, pastorales, villageoises, anacréontiques, etc., avec un portrait des poètes chansonniers les plus agréables de notre nation...,* par M. l'abbé ***, Genève et Lyon, 1788, in-8. — *Vélocifère grammatical ou la Langue française et l'Orthographe apprises en chantant, ouvrage très-élémentaire, unique en son genre, mis en vaudevilles...,* par Mᶫᶫᵉ *Stéphanie de Warchouf,* Paris, 1806, in-12.

(2) *Festin joyeux, ou la Cuisine en musique, en vers libres (par J. Lebas),* Paris, Lesclapart père et fils, 1738, in-12.

(3) *La Constitution en vaudevilles, suivie des Droits de l'homme et de la femme, par M. Marchand,* Paris, 1792 et 1793. — *La Constitution française en chansons,* Paris, 1792. — *La Constitution française de l'an VIII en vaudevilles, par un législateur...,* Berlin, et se trouve à Paris, an VIII, pet. in-12. — *La Constitution en vaudeville, par Villiers,* in-18, fig., Paris, an VIII (différent du précédent volume.)

(4) *La République en vaudevilles,* Paris, 1793, in-18, fig. — *La Révolution en vaudevilles, ou*

pour clore, sans prétention de la terminer, cette rapide énumération de si bizarres tentatives, la Chanson est descendue un jour, au milieu de la rue, Annaliste, Archéologue, racontant sur un air bachique, en d'innombrables couplets, aux villes de Paris et de Rouen, leur origine, l'histoire de leurs institutions et de leurs monuments.

Ce n'est pas l'espoir, il faut bien l'avouer, de faire revivre une œuvre littéraire remarquable, ou des documents sérieux utiles à l'Histoire, qui me fait entreprendre la réimpression des deux rares chansons auxquelles je viens de faire, en dernier lieu, allusion. *L'Origine et les Antiquités de Paris*, par Poirier dit le boiteux, et l'*Histoire de la ville de Rouen* par le même, ont un tout autre genre d'intérêt. Dans un style particulier, au milieu d'une versification dans le goût de la complainte du *Juif errant*, de *Geneviève de Brabant*, des *Amours de Damon et Henriette*, etc... comme en un cadre parfaitement approprié,

précis exact et circonstancié de ses principaux événements, depuis l'assemblée des notables jusqu'à la conclusion du procès de Carrier et compagnie (17 décembre 1794). Nos armées, leurs succès et leurs revers. Les travaux des différentes législatures. La fin tragique de quelques chefs de factions, notamment des d'Orléans, Danton, Brissot, Robespierre, etc., par le citoyen P.... Paris, Champon, l'an III de la République française, 2 vol. in-18, fig.

elles sont la réunion de légendes aujourd'hui généralement oubliées, elles sont, et voilà précisé le véritable intérêt de cette reproduction, dans une poétique populaire, inconsciente des règles de notre prosodie, sans grand souci de mesure ou de rimes, osant l'hiatus et versifiant bravement les gallicismes de la rue, le plus naïf sommaire des traditions qu'on racontait au siècle dernier, et qui formaient pour les nombreux illettrés l'unique science historique.

Comme elles ont été écrites et comme on les chantait, sans modifications, sans redressements, sans commentaires autres que ceux que Poirier avait cru devoir joindre à une de ces deux chansons (1), elles ont été intégralement réimprimées. L'éditeur eût mal compris, ce lui semble, le piquant de l'œuvre s'il eut fait facile parade, *doctus cum libris,* d'un savoir

(1) L'*Origine de la ville de Paris* est accompagnée dans le texte original de notes émanant, à n'en pas douter, de l'auteur et ajoutant beaucoup au singulier intérêt de l'œuvre ; à ce double titre elles ont été conservées.—L'*Histoire de Rouen* n'a jamais eu de notes, toutefois dans quelques éditions relativement récentes, on trouve en marge les dates de certains événements. La présente réimpression n'a pas cru devoir reproduire cette sèche chronologie marginale, parce que Poirier à la manière du journaliste Loret, qu'apparemment il n'avait jamais lu, a placé, au cours de ses récits en vers, les dates qui lui semblaient surtout nécessaires.

qui, pour beaucoup, n'eut été qu'un pédantisme tout-à-fait inopportun. Au lecteur instruit le soin et l'honneur de se reconnaître dans ces sentiers embarrassés, de chercher et de retrouver la vérité parmi ces fables accumulées. Telles elles sont d'ailleurs, ces deux pièces peuvent tenir, dans la bibliothèque historique, une place analogue à celle qu'occupent, dans les cartons des amateurs d'estampes, non loin des plans utiles, des vues exactes de telle ou telle localité, certaines images populaires, œuvres d'un dessinateur malhabile, interprétées par un burin inexpérimenté. Dans ces essais de représentation des mêmes lieux, des mêmes aspects, de nombreuses fautes, d'inexplicables fantaisies ont presque tout changé! Elles étonnent les uns, amusent quelques autres, mais, ces erreurs mentalement écartées, apprennent ou tout au moins rappellent, d'une façon imprévue, au curieux intelligent, quelques particularités intéressantes.

Je me garderai bien d'insister sur aucun des points de l'histoire rimée de Paris : Hercule tirant ses habitants de l'Arcadie ! Aulercus à la chasse, Cérès aux Carmélites ; le duc Marchomir, père de Pharamond, premier roi de France (1); l'histoire de saint Landri; le Château

(1) *Ci-devant*, suivant la variante d'une édition donnée pendant la Révolution, à Paris, chez Daniel, rue André-des-Arts (*sic*). Ce mot s'y ren-

de Vauvert; ces deux âmes maudites, le barbier *sanguinaire* et le pâtissier *téméraire ;* le Puits d'amour, etc., etc... Je cite à la hâte, sans choix, et m'arrête aussitôt pour ne rien effleurer. Dans l'*Histoire de Rouen*, récolte plus abondante encore : le grand prince Nestor, au retour du siége de Troie, s'établissant dans la Normandie ; le *nommé* Précordier (1), premier chrétien de Rouen et fondateur de la Cathédrale; le canon grondant sur nos remparts sous le Duc Richard-sans-Peur, dès 949; le Capitaine François de Civille, l'illustre ressuscité, devenu magistrat ; enfin, pour n'être pas tenté d'autres allusions anticipées, je ne veux plus parler que de cette curieuse légende, encore redite dans la rue, et peut-être nulle part ailleurs inscrite que dans notre chanson, du berger Rohan (Roan Rouen) trouvant près de Martinville une mine d'ar-

contre fréquemment dans les notes : le *ci-devant* Royaume de France ; le Roi Jean *ci-devant;* *ci-devant* la paroisse Saint-Innocent, etc ...

(1) La chanson imprimée l'appelle ainsi, mais parmi d'autres changements qu'avaient introduits ses interprètes dans la rue, ou les ouvriers qui chantaient en chœur il y a trente ans à peine l'*Histoire de Rouen*, dans tous les ateliers de la ville, chacun prononçait, croyant mieux dire: *le nommé père Cordier*. Ce n'était pas à l'Histoire une offense bien plus grande, et le nom ainsi arrangé paraissait à tous plus familier, partant plus facile à retenir.

gent qui servit à faire la cloche du beffroi ! (1)
Plutôt d'ailleurs que continuer cette fâcheuse
décoloration de l'œuvre originale, ne paraît-il
pas plus utile de rechercher quel fut ce singulier historien ?

Aucun biographe que je sache n'a parlé de
Poirier dit le Boiteux ; son surnom, sans nul
doute, lui venait d'une infirmité, mais à quelle
époque plus ou moins précise vivait-il ?... Quel
genre d'existence avait-il ?... Où était-il né ?...
ce sont autant de questions auxquelles il serait
peut-être peu facile de répondre, si lui-même,
à son insu, n'avait laissé d'utiles indications.

Si vous ne dédaignez pas les restes, tous les
jours s'anéantissant, de ces brochures populaires dont Charles Nisard a tenté de donner,
dans deux ouvrages d'une lecture des plus
attrayantes (2), la complète description ,

(1) Ni dans l'*Histoire de Rouen* de Farin, ni
dans la *Normandie romanesque et merveilleuse* de
Mlle Amélie Bosquet, qui, scrutant avec soin
toutes les croyances populaires de nos contrées,
a précisément écrit un long et très-intéressant
chapitre sur les trésors cachés et trouvés, ni dans
l'article consacré par M. J. Girardin à l'examen du
métal composant la cloche dite d'argent, non plus
que dans l'excellente étude sur l'*Ancien Hôtel-
de-Ville, le Beffroi et la Grosse-Horloge de
Rouen*, par M. É. De la Quérière, on ne trouve
trace de cette légende.

(2) *Histoire des livres populaires, ou de la
littérature du colportage*, Paris, 1854, 2 vol. in-8,
et 1864, 2 vol. in-12 ; — *Des Chansons populaires*

vous trouverez encore inexplorés, inaperçus, quelques-uns de ces anciens cahiers de chansons portant jaune, rouge ou bleue la robe tant soit peu courte et décolletée ; parmi eux, le hasard toujours favorable aux persévérants, vous fera peut-être rencontrer, si rares soient-elles, quelques-unes des autres œuvres de Poirier. Lisez leurs titres : *Chansons nouvelles, par Poirier dit le Boiteux, chanteur de Paris, Rouen, Versailles, etc..., suivant la Cour ;* remarquez celui-ci en particulier : *Recueil de Chansons nouvelles dédiées à la belle jeunesse de Rouen, par leur serviteur Poirier dit le Boiteux, chanteur de Paris, Rouen, Versailles, etc..., suivant la Cour.* Les permis d'imprimer sont de 1774, 1776, 1778. Nous pouvons donc placer très certainement l'existence de notre auteur vers la fin du siècle dernier (1). Pour sa position sociale, ne nous apparaît-elle pas assez nettement expri-

---

chez les anciens et chez les Français : essai historique sur la chanson des rues contemporaine, Paris, 1867, 2 vol. in-12.

(1) Ce point importait à établir ; l'*Histoire de Rouen* étant restée brusquement interrompue par son auteur vers les premières années du xviie siècle, et aucune édition de ses chansons ne portant de date d'impression, quelques personnes avaient pensé que Poirier était mort vers ce temps. Cette erreur se trouvait répétée, il y a deux ou trois mois à peine, dans le catalogue d'un de nos principaux libraires.

mée, sans prendre trop à la lettre le *suivant la Cour ;* il la suivait, cela est bien possible, mais j'imagine, à respectueuse distance, dans la foule... un peu au loin... n'y aurait-il eu pour l'empêcher d'approcher, autant qu'il l'eut voulu, autant qu'il voudrait nous le faire supposer, que la difficulté mise par son infirmité.

Paraîtrais-je maintenant témérairement envieux d'une gloire nouvelle pour Rouen si, prenant acte du titre de l'un de ces recueils et de certaines chansons qu'on y rencontre, je croyais pouvoir en conclure que Poirier est né dans la cité de Corneille ?... Quel autre qu'un Rouennais eut trouvé intérêt à chanter une

AVENTURE DE L'EAU DE ROBEC.

Je veux, d'une chanſon galante,
Mettre les toiliers en renom,
De Rouen, la ville plaiſante,
Ainſi que de ſes environs.
De Cauchoiſe & de Martainville,
Quand ils viennent ici promener,
Ils font tant, tant, tant, tant,
Qu'en voyant leur façon civile,
Chacun commence à s'écrier :
C'eſt des toiliers, c'eſt des toiliers !

Je ne continue pas la citation, mais, dans les couplets prudemment passés sous silence, on pourrait voir que divers quartiers de Rouen sont encore nommés : Saint-Sever, Bouvreuil, la Rougemare, le Ruissel, en outre certaines habitudes, certaines dénominations particulières aux ouvriers de la ville y sont indiquées.

Ailleurs je trouve une autre chanson intitulée :

LOUANGE AUX FILLES DE ROUEN.

Que Rouen eſt une aimable ville,
Que Rouen nous fournit d'agréments,
On y voit tant de filles gentilles,
Qu'on y paſſe des jours charmants.

. . . .

L'auteur parcourant, pour distribuer ses éloges, les divers quartiers, les nomme en véritable habitué de chacun d'eux. Notons que dans aucune de ses autres productions, on ne voit pour Paris, Versailles ni aucune autre ville, d'enthousiasme aussi grand, de détails aussi intimes. Et puis enfin, si la nature de l'œuvre autorisait cette expression, je dirais volontiers que l'*Histoire de Rouen*, argument de poids, l'emporte en couplets, presque de moitié, sur l'*Origine de Paris*.

Sans nous appesantir plus qu'il convient sur ces différents points, ne sommes-nous pas suffisamment autorisés à prétendre que, si modestes qu'aient été la position et le talent de Poirier comme chanteur, si contestables que puissent sembler ses droits à la réputation d'auteur et de poète, il aurait pu, sans paraître plus vaniteux que beaucoup d'autres, regarder

sinon l'*Origine de Paris* mais au moins son
Histoire de Rouen comme un *exegi monu-*
mentum. En effet , n'a-t-il pas donné assez de
vogue , fait assez de renommée à cette der-
nière chanson, pour que de son temps et
après lui il en ait paru, tirées à des milliers
d'exemplaires, plus de sept éditions bien nettement constatées. J'ajoute encore, qu'honneur
plus difficile que ces multiples éditions, il a été
copié, ou pour parler plus justement, traduit en
prose française, l'écueil où échoueraient, a-t-on
souvent dit, bien des poètes illustres ! Certain
livret qui se vendait aussi sur les places pu-
bliques, il y a quelque cinquante ans, sous le
titre : *Origine de Rouen. Dialogue entre un*
Parisien et un Rouennais sur les Antiquités
et Curiosités de cette ville. Chronologie des
Ducs de Normandie, anecdotes historiques.
Par M. Levasseur (1) n'est qu'une traduction

---

(1) Je serais grandement tenté d'attribuer, quoique parue sans nom d'auteur, à ce même Levasseur,
cette fois plus discret, une autre production populaire en dialogue sorti aussi vers le même temps
des presses rouennaises, intitulé : *Description de*
l'Antiquité, contenant les découvertes de tous les
arts.... Dans la seconde partie, tout entière sur
Paris, on lit, dignes d'une mention particulière,
la demande et la réponse suivantes : « D'où vient
l'origine du Pont-Neuf? — Le Pont-Neuf, ainsi
appelé parce que l'on peut y *entrer par neuf issues*,
fut commencé le 31 mars 1578 et achevé en
1604. »

dissimulée mais certaine d'une des chansons de Poirier ; le plagiat se cache à peine sous la forme dialoguée, ce sont les mêmes faits présentés de la même manière, parfois hormis la rime dans un style tout semblable, j'en prends pour seul exemple l'épisode du berger Rohan : « A peu près dans ce temps-là, un berger nommé « Jacques Rohan découvrit près de Martain- « ville une mine d'argent, de quoi l'on fit la « cloche qui sonne la retraite des bourgeois « et sert de beffroi ; on la nomme cloche d'ar- « gent, Rohan est représenté sous la voûte où « est cette cloche..... »

Mais peut-être m'oublié-je trop longtemps à parler de Poirier, de ses œuvres, et chemin faisant, de quelques autres. Au lecteur maintenant à juger si, pour les raisons énoncées ou pour d'autres peut-être, à tort négligées, il n'y avait pas suffisant intérêt à sauver de l'oubli, pour quelques jours encore, le pauvre historien chansonnier.

L'ORIGINE

ET

LES ANTIQUITÉS DE PARIS

Par Poirier dit le Boiteux.

———

Air du dialogue du Vin & de l'Eau.

———

CHacun de vous contemple,
  Et sans difficulté,
De Paris, sans exemple,
La noble antiquité,
Lorsque de l'Arcadie,
Par grande compagnie,

Hercule les tira,
Puis Aulercus, fans peine,
En ce lieu les amène,
Ainfi qu'on le verra.

Bien fix cent trente années,
Même avant Jéfus-Chrift,
Ces troupes combinées
Arrivent en ce pays,
Sur le bord de la Seine,
S'habituant fans gêne
Dans ces cantons gaulois,
Bois & forêts fauvages,
Secouant l'efclavage
Des Romains cette fois.

Trois iflettes pour l'heure,
D'abord on a comblé,
Pour première demeure
Aujourd'hui la Cité ;
Des cabanes de terre,
Rondes, faites en chaumière,
Servirent de maifon,
Celle des trois canettes,
Pour Aulercus fut faite
Avec diftinction (1).

Aulercus à la chaffe,
Dedans cette ifle un jour,
Auprès d'un berger paffe,
En ayant fait le tour,
S'informa fans myftère
Si jamais la rivière

(1) *On en voit encore les veftiges dans la rue*
de ce nom, Parvis Notre-Dame, n° 1.

Montoit fur le plus haut ;
Sachant que non, il trace
La plus charmante place,
Pour y faire un château (1).

De la pêche & la chaffe,
Ce peuple & lui vivoit,
Aucun d'eux ne fe laffe,
Comme il eft fatiffait ;
Bien feize ans s'écoulèrent
Et cette ifle peuplèrent
Sans qu'elle porte de nom,
Seulement la rivière
De Seine la première,
Sans autre attention.

Enfin ce monde enfuite,
Ayant beaucoup peuplé,
Cette ville petite
Lutèce on a nommé
Du nom de la déeffe
Que ces gens en lieffe
Adoroient en ces lieux ;
Quand le Romain barbare
A troubler, fe prépare,
Ce peuple glorieux.

En voyant l'arrivée
D'un nombre de foldats,
Foncent fur cette armée,
Affrontant le trépas,
D'abord les repouffèrent,
Et tuent & faccagèrent
Ces maîtres furieux,

(1) Après la maifon des trois canettes.

Et d'un courage habile,
Retournent dans leur ville
Partout victorieux (1).

Le temple de Lutèce
Fondent étant de retour (2),
Lors tout chacun s'empresse
D'éternifer ce jour,
D'Ifis aussi le temple
Fut où l'on voit l'exemple
De Saint-Germain-des-Prés,
Bois, forêts & montagnes,
Se peuplent, les campagnes
Sont bientôt fréquentées.

Le temple de Mercure
Sur Montmartre on voyoit,
Et de Mars chose sûre,
Tout à côté fut fait
Cérès aux Carmélites,
D'Esculape à la suite,
Où l'on voit l'Hôtel-Dieu,
D'Hercule à Saint-Euftache
Et Cibelle fans tache,
Tout près du même lieu (3).

Ces temples de villages
Bientôt furent entourés ;

(1) Ils les repouffèrent jufqu'à Autun, ville de Bourgogne, qu'on commençoit à bâtir ; c'eft pourquoi la plupart quittèrent le nom de Gaulois, pour prendre celui de Francs, d'où eft venu celui de François & Franc-Bourguignon.

(2) Où eft aujourd'hui l'Hôtel-de-Ville, place de Grève.

(3) Quartier de la rue Coquillère.

Il falloit rendre hommage
A ces dieux révérés ;
Dérius aux sacrifices
Choisit endroits propices
Selon leurs sentimens,
Instituant pour bien être
Les Druïdes pour prêtres,
Coutume de ce temps.

   Au pied du plus vieux chêne
Chaque autel y fut fait (1),
Tremblant chacun se traîne
Entrant en cet endroit (2) ;
C'est là qu'en grandeur d'âme
Des Druïdes les femmes
Tenaient les tribunaux,
Jugeant causes civiles,
Guerre ou paix très habiles,
Prévenant tous les maux.

   Ce peuple remarquable,
Redoutable en effet,
Fut longtemps indomptable,
D'aucun n'étant sujet,
Mais Jules César avance
En terrible puissance,
Et le vainquit pour lors,
Des Ducs il institue,

(1) Les autels étoient faits de mousse & de terre ; leurs sacrifices se faisoient tous les ans au premier de mai ; ils brûloient de la gomme de chêne faute d'encens.
(2) Ils n'entroient dans leurs temples qu'en tremblant, se traînant sur le ventre.

Pour en cas qu'il remue,
Retenir ſes efforts (1).

Faiſant voir ſa puiſſance
Sur ce peuple en effet,
Fit faire en conſéquence
Lors le petit Châtelet,
Puis après fut tranquille,
Reſtant près de la ville,
A l'hôtel de Cluni,
Changeant le nom Lutèce,
Du nom de la déeſſe,
La fit nommer Paris (2).

Les Thermes il fit conſtruire
Par les peuples romains,
Chacun ſans contredit
Travailla de ſes mains
A ce ſublime ouvrage,
Le plus bel aſſemblage,
De tous gens curieux,
C'eſt là qu'on peut connoître
Paris lors de ſon être,
Pour en parler au mieux.

Pendant pluſieurs années
Il a ſu contenir
Ces nouvelles contrées
Juſqu'au duc Marchomir,

(1) *Il y eut trente-trois Ducs ſucceſſivement, dont le dernier fut Marchomir, père de Phara-mond, qui enſemble chaſſèrent les Romains ; alois commença le royaume de France, l'an 420.*

(2) *L'hôtel de Cluni, qu'il fit faire, fut nommé Palais des Thermes, qui ſignifioit Palais des Bains ; on y entre par quatre endroits.*

Lequel fit l'entreprife
De redonner franchife
A ces nouveaux François ;
Pharamond les gouverne,
Plus aucun ne les berne,
Ils regouttent la paix (1).

    La Belgique & Celtique,
Les quatre Gaules enfin
D'un courage héroïque
Il conquit en chemin,
Langoumois, la Touraine,
Bretagne, Anjou, le Maine,
Tombèrent fous fes loix ;
Les Romains dans la route,
Battus font en déroute
De la part des François

    Puis le chriftianifme
Prêché par faint Denis
Chaffa du paganifme
L'erreur de ce pays.
Le peuple plein de zèle
Fit bâtir des chapelles,
En l'honneur du vrai Dieu,
Quand les Chrétiens augmentent,
Les payens les tourmentent,
Leur fang coule en tout lieu (2).

(1) Marchomir étant mort, Pharamond, fon
fils, fut proclamé premier Roi de France;
racheva de chaffer les Romains, conquit la Gaule
Belgique, la Celtique, la Lionnaife, la Narbon-
naife, etc.; les battit de toutes parts.
(2) Particulièrement fur Mont-Mars, nommé
après Mont-Martir, aujourd'hui Montmartre ; on

Près de quarante mille
Furent conduits à mort,
Allant d'âme tranquille
A ce rigoureux fort,
Avant d'être à Montmartre,
Saint-Denis de la Chartre
Etoit là leur prifon,
De Glatigni la foffe
La rue porte & rehauffe
L'origine du nom (1).

Quoique cette furie
De la part des payens,
S'augmente, multiplie
Le nombre des Chrétiens,
L'on fit une chapelle
Cathédrale nouvelle (2),
Première de Paris,
Enfuite une feconde (3),
Pour tenir plus de monde
Malgré nos ennemis.

Cette torture extrême,
Bientôt s'anéantit,
Quand reçut le baptême,
Clovis par faint Remi ;
Il n'eft plus de fouffrance,

les y amenoit de toute la France ; faint Denis y
avoit prêché dès l'an 275.
(1) Il y a encore la rue de Glatigni dans ce
quartier.
(2) Saint-Etienne-des-Grecs, qui fut huit à dix
ans première Cathédrale.
(3) Saint-Marcel, qui fut bien cent cinquante
ans la feconde.

La religion avance,
Toute en profpérité,
Il n'eft plus de maffacre,
Des Évêques l'on facre
Dans la tranquillité.

De Sainte-Geneviève
Sur le mont de Paris
L'Eglife l'on achève (1),
Et Saint-Etienne auffi ;
Fut fondée cette Eglife
Par Clovis fans remife,
D'un cœur vraiment pieux,
L'on ne voit plus d'idole,
Chacun croit la parole
Du Souverain des cieux.

Enfin de grandeur d'âme
L'on fit le fondement
Pour bâtir Notre-Dame,
Comme elle eft à préfent,
Troifième Cathédrale,
De grandeur très égale
Et d'admiration ;
Après nombre d'années,
Elle fut achevée
Dans fa perfection (2).

(1) Clovis la fit faire au nom de Saint-Pierre
& Saint-Paul où il fut inhumé ; elle prit le nom
de la Sainte quand elle y fut inhumée auffi l'an
512, étant dans la rue de la Calandre.

(2) L'an 522 elle fut commencée & bâtie fous
les règnes de vingt-huit Rois, qu'on voyoit ci-
devant fur le portail ; elle a 60 toifes de longueur,
24 de large, 17 de haut ; elle avoit jadis feize

> *Pour affaire arrivée,*
> *Saint Landri dans ce lieu,*
> *Ame des plus zélée,*
> *Fit bâtir l'Hôtel-Dieu,*
> *En place & bon exemple*
> *D'Efculape le temple,*
> *Fut pour cela choifi,*
> *Cent filles y inftitue,*
> *De vertu reconnues,*
> *Pour y fervir auffi (1).*

> *Rue de la Bucherie,*
> *Un maffacre arrivé*
> *D'une fille en furie,*
> *Tuant fon nouveau-né,*
> *Ce faint évêque enfuite*
> *Fit conftruire au plus vite,*
> *Pour les enfants trouvés,*
> *Une maifon entière,*
> *Pour fauver de mifère*
> *Tous ces infortunés (2).*

cloches, dont les deux groffes appelées bourdons pefoient, l'une 28,000 liv. & l'autre 22,000 liv.; elle eft pavée & vêtue de marbre, & bâtie fur pilottis.

(1) Leur coftume étoit brun, en coiffes noires; elles demandèrent jadis des religieufes, qui devinrent leurs maîtreffes & ufurpèrent leur droit.

(2) Elle étoit fervante dans une ferme du village de Buchery (aujourd'hui rue de la Bucherie). Se voyant enceinte, fon temps étant expiré, maffacra fon enfant, fut condamnée d'être pendue; ce fut la première exécution à mort faite fur le marché Champeaux, où eft la rue des Bourdonnais. Saint Landri paffant là, faifi d'hor-

Puis fur un lieu propice,
Les Prés aux Clercs nommés,
L'on conftruit l'édifice
De Saint-Germain-des-Prés,
Quand les Normands par rage
Payens vinrent & faccagent
Ce refpectable lieu,
En nombre & force d'armes,
Augmentent nos alarmes
En y mettant le feu.

La nation entière
Toute en dévotions,
Et fervente prière
Fit des proceffions,
En voyant l'injuftice
Et la grande malice
De l'ennemi mutin,
Portèrent en prévoyance
Mettre en lieu d'affurance
Le corps de faint Germain (1).

Après tant de mifère,
L'ennemi fut vaincu
Fuyant plein de colère
Prefque tout abattu,

reur, dit ces paroles : «Hélas! l'efprit eft prompt, la chair eft fragile, toutefois toute faute eft perfonnelle, mais pour éviter de pareils crimes, je vais fonder une maifon pour des enfants trouvés, toute fille qui manquera ne détruira plus fon fruit, car il vaut mieux bâtir que de détruire. »

(1) *Ils chantoient les litanies, ajoutant le verfet :* A furore Normanorum, libera nos, Domine.

Paris *fur* eux s'avance
En br,ave contenance,
Commandés à propos
Pendant dix lieues entières
Sans qu'ils *fe* retournèrent,
Les battant par le dos *(1)*.

   Par un nommé le Page,
Compagnon cordonnier,
Trois *fois* fut le voyage
De Rome pour gagner,
Par l'ardeur de *fon* zèlc,
Trois *fi* belles chapelles
De Notre-Dame, *auffi*
Le Pape les lui donne ;
Chanoines ni per*fonne*
Ne l'ont anéanti.

   Après les Juifs en vogue
Furent bientôt en bas,
Car de leur *finagogue*
L'on fit Saint-Nicolas
Qui fut cho*fe* certaine,
Après la Madeleine,
Par le peuple nommé,
Et paroi*ffe* première

(1) Cinq frères bien ré*folus* divi*fèrent* le peuple en cinq armées, & fondirent *fur* l'ennemi qui prit la fuite *fans fe* retourner, & *furent* battus depuis Paris *jufqu'à* Meulan; en mémoire de cette victoire, ils *furent* nommés bat dos, & firent à leur retour recon*ftruire* à leur dépens, le grand Châtelet, avec une chapelle dans le village d'Andéole, qui *eft* le quartier Saint-André-des-Arts.

De la cité entière
Comme elle a commencé *(1)*.

Comme Paris augmente,
Prolongeant le terrain,
Cette ville opulente
Fit bâtir Saint-Sevrin
Pour paroiſſe ſeconde;
Voyant beaucoup de monde
En tout lieu s'établir,
Pluſieurs ponts on projette,
Les fondemens on jette,
Pour tout bien réunir *(2)*.

Toutes rues furent hauſſées
Dans toute la Cité,
Car quatorze montées
Il falloit pour entrer
Dedans la Cathédrale ;
Mais quête générale
Se fit faire au plus tôt,
Afin de mettre en œuvre
Un ſi hardi chef-d'œuvre,

(1) Ils furent bannis pour avoir, en dépit des Chrétiens, pris un enfant à l'inſu de ſes parents, âgé de ſept ans, nommé Richard, le maſſacrent chez eux, & eurent la férocité de boire de ſon ſang. Ils furent pendus & brûlés au nombre de cinq. On bâtit une chapelle où l'on inhuma le corps de l'enfant, qui fut nommée Saint-Richard, qui fut depuis la paroiſſe Saint-Innocent.

(2) On fit une rue en place, où étoit un bras de la Seine, large de 6 pieds, qui fut nommée Planche du Demi-Bras, aujourd'hui Planche-Mibrai.

Qui fut parfait bientôt (1).

Enfuite l'on fit faire
Saint-Germain-l'Auxerrois,
Saint-Barthélemi entière,
Vis-à-vis du Palais
Notre-Dame-de-l'Etoile
Fut la Sainte-Chapelle (2),
Un chef-d'œuvre accompli,
Saint-Antoine abbaye
Augmente & multiplie
La ville de Paris.

L'on fit venir enfuite
Un ordre dans ces lieux,
De manière fubite,
Qu'on nomma les Chartreux,
Defquels on fait l'hiftoire,
Très digne de mémoire,
Du diable de Vauvert
Hôtel inhabitée,
Dont la rue fut nommée
Pour cela rue d'Enfer (3).

(1) *Les rues étant bien plus baffes qu'elles ne font, l'an 1130 une maladie fe manifefta dans la Cité, & autres lieux, qui fit mourir près de 15,000 perfonnes en cinq femaines, qui furent enterrées dans un foffé, qu'on fit fur le bord de la Seine, qui fut depuis rue de la Mortellerie.*

(2) *L'ancien guet de l'Etoile vient des chevaliers créés par le roi Jean, qui avoit fon Palais où eft aujourd'hui la rue Saint-Eloi.*

(3) *Le peuple s'imagina que l'ancien château de Vauvert étoit habité par des démons, à caufe que le feigneur de ce nom ayant époufé une payfanne, elle fit affaffiner fon père & fa mère,*

Sur l'abbaye Sainte-Aure
Saint Paul fut en renom,
De Jacmard qu'on ignore
Le véritable nom,
Puis fur une autre place
D'une chapelle baffe
D'Eutrope & Saint-Quentin
Saint-Gervais l'on fit faire
Au bord de la rivière
Sur le même chemin (2).

Encor loin de la ville,
L'on vit en peu de temps,
Fonder d'un art habile,
Saint-Nicolas-des-Champs,
Saint-Laurent-du-Bocage,
Au milieu d'un village,
Pour les gens de ces lieux,
Paris au loin fe porte,
L'on éloigne fes portes,
D'un chemin fpacieux.

Puis rue des Deux Hermites,
Proche des Marmouzets,
Fut deux âmes maudites

à caufe qu'ils lui déplaifoient par leur vieilleffe, &
les fit enterrer dans une cave du château en l'ab-
fence de fon mari, qui étant de retour une nuit, il
en jeta les clefs en pleine campagne, donnant
tout au diable : la terreur fe mit fi fort dans les
efprits que l'on fut contraint, pour la tranquillité,
d'y inftaller les Chartreux, qu'on fit venir de
Grenoble ; tout fut appaifé.
(2) Jacques Aimard fonda ces deux églifes
l'an 1160, dans des prairies près le bord de l'eau.

Par leurs affreux forfaits ;
D'un barbier fanguinaire,
Pâtiffier téméraire,
Découverts par un chien,
Faifant manger au monde,
Par cruauté féconde,
De la chair de chrétien (1).

L'Eglife fut finie,
La tour d'un bel effet
De Saint-Jacques-la-Boucherie,
Près du grand Châtelet,
Auffi fur la Chapelle
De Sainte-Agnès-la-Belle,
Par le fieur Jean Alais,
Sans aucune relâche,
Fut fondé Saint-Euftache
Morceau des plus parfaits (2).

Des Gobelins la rivière,
Même la Seine après,
Déborda toute entière
Comme on ne vit jamais,
Faifant un tel ravage

(1) L'an 1260 un barbier coupoit le cou au
monde, & vendoit la chair au pâtiffier, fon voifin,
qui en faifoit des pâtés de chair humaine. Ayant
été découverts par un chien qui fuivoit fon maître,
ils furent brûlés vifs, chacun dans une cage de
fer. L'effigie du chien eft encore fur une borne, à
la même place.

(2) Cedit Jean Alais donna l'idée, dans une
difette, de mettre le premier impôt fur les œufs,
le beurre & le poiffon. Il fut jeté dans l'égout qui
étoit à la Pointe Saint-Euftache, qu'on nomma le
Pont d'Alais depuis.

Dans les bourgs & villages,
Renverfant les maifons,
Monde & beftiaux périrent,
Fit enfin tout détruire
Dans tous les environs (1).

Bateliers d'un grand zèle
Fondèrent auffi d'accord
Une belle Chapelle
Au quartier Saint-Victor,
Ayant chacun l'envie
De faire confrairie
Au grand faint Nicolas
Dedans un lieu fauvage,
Rempli de chardonnage,
Que l'on mit tout en bas.

L'aventure fatale
Fut dans un autre jour,
Au quartier de la halle,
Nommé le Puits d'amour,
De deux pleins de tendreffe,
L'amant & la maîtreffe,
Rapport à leurs parens,
Qui pour leur mariage,
Refufoient leur fuffrage,
Se périrent dedans (2).

(1) D'où eft venu l'ancien nom de la vallée
de mifère, où ils furent enterrés, aujourd'hui quai
des Auguftins, où l'on vend la volaille. Dans
cette année 1387, fut fondé Saint-Sauveur,
Saint-Roch, l'an 1552, & Saint-Sulpice, l'an
1560, fur la chapelle Saint-Pierre-des-Bois.
(2) L'ancien droit des curés de Sainte-Marine
étoit de marier, malgré les parents, la fille fe

b

Enfin, Paris abonde,
Peuplé plus que jamais ;
Pour loger tant de monde
L'on bâtit au Marais,
D'une manière habile,
Tous, par cent & par mille,
Conſtruiſent des maiſons,
Les faubourgs ſont des villes,
Partout l'on eſt utile
En différens cantons (1).

Voilà donc ſans léſine,
Braves gens de renom,
De Paris l'origine,
En bonne inſtruction,
Convenez ſans myſtère,
Comme il eſt néceſſaire
De ſe reſſouvenir
De ces faits admirables,
Et ſurtout remarquables,
Pour s'en entretenir.

diſant enceinte. Ils leur mettoient chacun un anneau de paille dans le doigt. On ne pouvoit plus leur rien dire ; il auroit fallu à ces pauvres jeunes amants pareille occaſion.

(1) Ce fut la petite Chapelle Saint-Bon & Saint-Merri, qui en furent les deux premières paroiſſes.

FIN.

HISTOIRE

DE

LA VILLE DE ROUEN,

Par POIRIER dit le BOITEUX.

———

AIR du dialogue du Vin & de l'Eau.

———

PREMIÈRE PARTIE.

*CHantons de notre ville
L'origine & grandeur,
Lorſqu'un peuple civile
Vint faire ſa ſplendeur,
Secouant ſans doutance*

La grande violence
Des Romains cette fois,
Quand le deſtin les mène
Sur le bord de la Seine,
Au pays des Gaulois.

Cette rivière antique
Diviſoit ce canton,
En Belgique & Celtique,
Ancienne nation,
Où l'on voyoit ſept îles
Auparavant la ville,
Lorſque Jules-Céſar,
Arrivant en perſonne,
Fît bâtir Lilebonne,
Deſſus ſes étendards.

Ces peuples originaires
De Goſbie & du nord,
Furent conduits en guerre
Du grand prince Neſtor,
Lequel d'un grand courage,
Après tout le ravage
Fait à l'ancienne Troyes,
S'en vint ſur notre terre
Revenant de défaire
Les Scytes & les Hongrois.

Mil deux cent trente années,
Même avant Jéſus-Chriſt,
Cette nombreuſe armée
Arrive en ce pays,
Pluſieurs batailles livre,
Afin de pouvoir vivre
En ces lieux ſûrement;
Après pluſieurs conquêtes

Ce grand peuple s'apprête
Pour demeurer dedans.

Ces vaillants athlètes,
Après tant de travaux,
Furent appelés Calètes
Dans les pays de Caux,
Où sont cinquante juges,
Ils trouvoient leur refuge,
Gouverneurs de ce tems
D'où vient, chose certaine,
Le nom de Cinquantaine
Supprimé à présent.

Habitant sous des tentes
Ensemble & bons amis.
Leur nation s'augmente
Partout dans ce pays ;
Par nombre de poursuites
Accroissent leurs limites
Par des succès heureux,
Y construisant d'avance,
Avec magnificence,
Des temples à leurs dieux.

Ce qui est Normandie,
Que l'on nomme à présent,
Fut appelé Neustrie,
Dès son commencement,
En fondant notre ville,
D'une façon habile,
En deux cent trente-trois ;
De qui le peuple ensuite
Vint, d'un très-grand mérite,
Vanté dans tous endroits.

Rouen, dans leur langage,

Etoit Rothomagus,
Mot qui fait l'assemblage
Du palais de Vénus ;
Saint-Lô, belle paroisse,
Etoit pour la déesse
Le temple révéré,
Lorsqu'il vint d'Angleterre
Un Saint sur notre terre
Prêcher la vérité.

Ce Saint que l'on révère
Partout dans ce canton,
Fut de langue ordinaire
Appelé saint Mélon,
Qui, après bien des gênes
Des travaux & des peines
Qu'on lui fit endurer,
Convertit sans doutance
Par sa persévérance
Un peuple sans danger.

Qui reçut le baptême
Dans Rouen le premier,
Fut plein d'amour extrême
Le nommé Précordier,
Qui donna d'un grand zèle,
Pour faire une chapelle
Au Dieu de vérité,
La terre principale
Où notre Cathédrale
Depuis fut commencée.

SECONDE PARTIE.

L'on nomma Saint-Etienne
En premier ce saint lieu,

Quittant la foi payenne
Pour celle du vrai Dieu ;
On vit dans la Neuftrie,
De bon cœur affervie,
Et fidèle au Très-Haut,
Saint Mélon fans feintife
Inftruit, prêche & baptife
Son fidèle troupeau.

En trois cent un l'églife
Que l'on nomme Saint-Lô,
Le Ciel nous favorife,
De bâtir au plus tôt :
Dans la place publique,
L'on brûle, fans réplique,
L'idole de Vénus,
La paroiffe première
Rend brillante de gloire
Les faux dieux confondus.

En trois ans fans remife
Saint Mélon fit pour lors
Bâtir quatre autres églifes
Que l'on remarque encore,
Saint-Paul à Martainville,
Alors loin de la ville,
Du temple d'Adonis,
Saint-Godard non commune
Fut celui de Neptune,
Autre Dieu du pays.

Du temple de Diane
L'on bâtit Saint-Herbland,
Et l'idole profane
Brûlée pareillement.
De piété profonde,

Notre-Dame-la-Ronde
Sur le temple d'Ifis,
Puis la mort prit enfuite
Notre faint de mérite
Du règne de Clovis.

Les Romains par outrance
Les tourmentent longtemps ;
Mais Clovis, Roi de France,
Fit leur foulagement ;
C'eft alors que la ville
Fut par ce Roi habile
Sous fa protection :
Puis après l'on exerce
De Rouen le commerce
A Paris par union.

Quelques années enfuite,
L'an cinq cent trente-trois,
Quand le Pape Agapitte
Régnoit depuis cinq mois,
L'on vit le Roi Clotaire,
Par un coup fanguinaire,
Tuer un grand Seigneur,
Par cruelle furprife,
Au milieu de l'Eglife,
Coup qui fut plein d'horreur.

Gautier étoit cet homme,
D'Yvetot le Seigneur,
Pays que l'on renomme
Depuis ce grand malheur :
Quand le Pape en colère,
Apprenant cette affaire,
Veut excommunier
Clotaire, Roi de France,

Ou qu'une pénitence
Expiât son péché.

Le Roi, dans cette affaire
Pour satiffaction,
Ordonna que la terre
D'Yvetot de renom,
Seroit en survivance
Pour jamais à la France
Exempte de tous droits,
Et qu'à jamais ses Princes,
Etant dans la province,
Auroient titre de Rois.

Après quelques années,
L'on vit quelle douleur !
Notre ville affligée
Par un nouveau malheur :
Lorfque dans notre églife
Saint Romain par franchife
Fut évêque & patron,
Qui, par un coup utile,
Délivra notre ville
D'un horrible dragon.

TROISIÈME PARTIE.

Cette bête terrible
Dévorant tout chacun
Sous fa dent invincible,
Vers fix cent trente & un,
Un horrible carnage,
L'animal plein de rage
Exerçoit chaque jour,
Quand Saint Romain s'engage

Sur la bête sauvage,
Par un excès d'amour.

N'ayant pour toute suite
Qu'un meurtrier, dit-on,
S'en fut à la poursuite
De ce cruel dragon,
D'une façon habile,
L'emmène dans la ville
Doux comme un mouton ;
Tous les ans sans doutance,
L'on faisoit souvenance,
Le jour de l'Ascension.

Vingt & huit ans ensuite,
En sept cent cinquante-neuf,
Paris nous fit poursuite
Venant jusqu'à Elbeuf,
La force de nos armes
Les repoussent en alarmes
Jusques dans leur pays :
Nous gagnâmes leur ville,
Mais d'une paix tranquille
Nous leur rendons depuis.

Saint Ouen, prince de France,
Succédant Saint Romain,
A Rouen d'assurance,
En homme tout divin,
D'un temple de Bellone,
Bâti comme en couronne
Dans le milieu d'un bois,
Fit bâtir Saint-Nicaise,
Pour mettre plus à l'aise
Les chrétiens rouennois.

Cent dix années ensuite,

Huit cent ſoixante & neuf,
Pluſieurs gens de mérite
Font un temple tout neuf,
Dédié, d'amour extrême,
A notre Dieu ſuprême,
Sous le nom de Saint-Jean,
Que perſonne n'ignore,
Et que l'on voit encore
Au milieu de Rouen.

Dans ce temps il arrive
Raoul, prince Danois,
Qui, d'une humeur aĉive,
Fit tant de beaux exploits,
L'Anjou & la Bretagne,
Bien d'autres l'accompagne .
En recevant ſes lois,
Comme un courageux prince
Conquît notre province
Preſque tout à la fois.

L'évêque de la ville,
Succeſſeur de Saint Ouen,
D'une façon civile,
Quoique Prince païen,
Se mettant à la tête
De ſon clergé s'apprête
Pour le bien recevoir,
Puis au châtel ſur l'heure,
Pour première demeure,
Logea le même ſoir.

Il entre en la partie
Couronné de lauriers ;
Sa maiſon fut bâtie
Où fut les Cordeliers ;

Puis d'un amour extrême
Reçut le faint baptême
Pour fe faire chrétien,
En changeant la Neuftrie,
Au nom de Normandie
En fut le vrai foutien.

QUATRIÈME PARTIE.

Auffi pour les prémices
Qu'il devoit au Seigneur,
Conftruit maints édifices,
A fa gloire & honneur :
Saint-Vincent fur une île
Qui tenoit à la ville,
Saint-Sever au faubourg,
Saint-Martin, rue Renelle,
Et Saint-Ouen, par fon zèle,
Commence de fes jours.

Il fit venir de France
La châffe de Saint Ouen,
Allant par révérence
La trouver en chemin,
Laquelle fans obftacle,
S'arrêta par miracle
Auprès de Darnétal,
Devenant fi péfante
Que chacun s'épouvante
Crainte de quelque mal.

Le clergé à l'heure même
Vint en proceffion,
De diligence extrême
Au lieu nommé Longpaon,
Puis étant arrivée,

La châsse fut levée
Dans sa légèreté,
Puis en cérémonie,
Et grande compagnie,
A Rouen fut mené.

Raoul, le meilleur prince
Qui parut de son temps,
Donne à notre province
Des lois les fondements,
Les fit mettre en usage ;
Depuis chacun s'engage
Très précieusement,
Quand on crie à sa gloire;
Le haro par mémoire,
Toujours jusqu'à présent.

Lorsque dans la province
Quelque trouble venoit,
Pour réclamer ce Prince,
Raoul on s'écrioit:
En campagne ou en ville
L'union des familles
Ce prince entretenoit ;
Bannissant les pillages
Dans les bourgs & villages
Chacun le révéroit.

La mort de ce grand prince
Vint en neuf cent dix-sept,
En laissant la province
Et son peuple parfait ;
Son fils, dit Longue-Epée,
Vers sa quinzième année,
Régnant comme un dieu Mars
Fut en foudre de guerre,

Tant fur mer que fur terre,
Vainqueur de toutes parts.

Plufieurs princes en partage
De leur autorité,
Venoient pour rendre hommage
De leur principauté,
Au duc de Normandie ;
Mais bientôt, par furie,
Voulant fe rebeller,
S'en vinrent, en affurance,
En prompte diligence,
Pour Rouen faccager.

Cette guerre fe rallume
Du règne de Richard :
Le feu partout confume
Jufque fur nos remparts,
La porte Beauvoifine
Fut l'endroit de la ruine
De nombre de foldats,
Le canon fe prépare,
Jufqu'à la Rougemare,
D'y porter fes éclats.

Il fut tué en fomme,
Au fort de ces combats,
Soixante-dix mille hommes,
Tous de vaillants foldats,
Et leur fang fans doutance,
Ruiffelant d'abondance,
Forma comme un étang,
Où chaque militaire
Péri dans cette guerre,
Fut inhumé dedans.

CINQUIÈME PARTIE.

Enfin le temps se passe
De ces divers malheurs,
Robert premier remplace
Le trône & ses honneurs ;
Faisant la Cathédrale,
De beauté sans égale,
Comme elle est à présent ;
Puis sans aucune crainte,
Dedans la terre sainte
Fut mourir combattant.

Plusieurs saintes reliques
Furent envoyées par lui,
Aux temples magnifiques,
Que l'on voit aujourd'hui ;
Son fils Guillaume ensuite
Sur le trône au plus vite
Montant comme un César,
Par une grande guerre,
Subjugue l'Angleterre,
Malgré tant de hasard.

Il fut roi d'Angleterre,
Dans Londres couronné,
Cinquante années entières
Sur le trône a régné ;
Rendant toute justice,
Punissant la malice
Et les forfaits du tems ;
Puis laissant en sa place
Un Prince de sa race,
S'en retourne à Rouen.

Ce fut la Normandie

Qui, de ſon tems, dit-on,
Forma la confrérie
De la Conception,
Laquelle d'ordonnance
De la toute-puiſſance,
L'on fête tous les ans,
Lorſque la Vierge ſage
Préſerva d'un naufrage
Un prêtre de Rouen.

Dans un combat en France
Guillaume fut tué,
De Mantes, en diligence,
A Rouen fut porté,
Son fils Robert deuxième
Sur le trône de même
D'Angleterre eſt monté,
Mais par quelques ſurpriſes
Et diverſes entrepriſes
Il en fut détrôné.

L'ancien roi d'Angleterre
Remis dans ſa grandeur,
Vint ſaccager nos terres
Tout rempli de fureur :
Voilà la Normandie
En feu & en furie,
Toute rouge de ſang ;
Et le roi d'Angleterre
Par cette grande guerre
Venu maître à Rouen.

Alors ſur la rivière
Fut conſtruit promptement
Ce fameux pont de pierre,
Vers l'an mil & deux cent,

Une tour très-fameuse,
D'hauteur prodigieuse,
Fut bâtie en ce jour,
Sur une place aisée,
Qui depuis fut nommée
Place de la Vieille-Tour.

Cinq rois d'Angleterre
Furent en succession,
Souverains sur nos terres
Et pays d'environ :
Mais Jean, le dernier prince
Accabla la province,
Et s'en fit détester,
Nous demandons vengeance
A Philippe Roi de France,
Qui vint le détrôner.

On voit en abondance
Venir de toutes parts,
Les troupes de la France
Dessous leurs étendards ;
Le Roi même à la tête
De ses soldats s'apprête
De venir promptement ;
L'on vit en trois journées
Sa magnifique armée
Aux portes de Rouen.

La Barbacane est prise
A l'entrée du Grand-Pont,
Les Français sans remise
Passèrent tout du long ;
Les soldats pleins de zèle,
Malgré l'Anglois rebelle,
Frappoient en tous endroits,

c

D'une façon habile,
S'emparent de la ville
A l'aide des bourgeois.

SIXIÈME PARTIE.

Saint-Maclou, Saint-Cande,
Saint-André, Saint-Denis,
Furent bâtis enſemble
En mil trois cent vingt-ſix,
Près d'un ſiècle ſe paſſe,
Lorſque l'Anglois ſe laſſe
De nous voir dans la paix,
Quand ils vinrent en furie,
Sur notre Normandie,
Bien plus forts que jamais.

L'on vit quelle ſouffrance,
En mil quatre cent dix-ſept,
Ravager notre France,
Quand régnoit Charles ſept;
Notre ville au pillage
Donna libre paſſage
A l'ennemi vainqueur :
Rouen, malgré ſes armes,
Aux plus vives alarmes,
Eſt comblé de malheurs.

Les rues de ſang rougiſſent,
Dans ces affreux moments,
Les Rouennois gémiſſent
Par ces cruels tyrans ;
Les femmes violées,
Enſuite maſſacrées,
Sans nulle compaſſion :
L'on fit dans ces miſères

Processions entières
Jusqu'au champ du pardon.

   Les Anglois à l'heure même
Font bâtir à Rouen
Deux forteresses extrêmes,
Démolies à présent :
Pour faire résistance
Aux troupes de la France,
Vieux-Palais & Château,
Tous deux de force entière
Au bord de la rivière
Des deux côtés de l'eau.

   Mais Dieu par sa clémence
Voyant tous nos malheurs,
Envoie à notre France
Pour finir nos douleurs,
D'Orléans la pucelle,
Qui, d'une ardeur nouvelle,
Fut vaincre les Anglois,
Remettant la couronne
A l'auguste personne
Charles, Roi des François.

   Elle étoit de Lorraine,
Fille d'un laboureur,
Qui, avec bien de peine,
Vivoit de son labeur ;
Un ange de lumière,
Annonçant à sa mère,
Qu'alors qu'elle naîtroit,
Elle l'élève sage,
Que Dieu par son ouvrage,
La France sauveroit.

   Etant simple bergère

Un jour parmi les champs,
Une grande lumière
Lui parut à l'instant ;
Puis une voix divine,
Dit qu'elle s'achemine
Jusque dans Vaucouleur ;
Et qu'elle fasse instance,
De voir le Roi de France,
Par ordre du Seigneur.

Elle fut amenée
Au comte de Dunois
Commandant de l'armée,
Qui la présente au Roi,
Qui voyant le courage
De la Pucelle sage,
Et son hardi maintien,
La fit vêtir en homme ;
Puis partout l'on renomme
Les coups faits de sa main.

Son premier coup de gloire,
Aidée du tout-puissant,
Fut de remporter victoire
Au siège d'Orléans ;
Jusqu'à Reims en Champagne,
Le Roi elle accompagne
Pour le faire sacrer,
Rendant par sa vaillance
Les villes au Roi de France
Sous son autorité.

SEPTIÈME PARTIE.

Mais bientôt par surprise,

Combattant vaillamment
Dans Compiégne fut prife,
Et conduite à Rouen :
Malgré fon innocence,
Par cruelle vengeance,
L'arrêt fut prononcé :
Elle fut condamnée
D'être vive brûlée :
Au milieu du marché.

Dieu pour faire une marque
De fa punition,
La femaine de Pâques
A l'heure du fermon,
D'une façon fubtile,
Le feu prit dans la ville,
Embrâfant les maifons :
Saint-Maclou brûle entière,
Et plufieurs monaftères
Furent mis en charbons.

Les pluies, gelées & glaces
Firent périr le bled,
La terrible difgrâce
Fit venir la cherté.
Les guerres & la famine,
Tout le peuple fe ruine,
Et fit nombre de morts,
Puifqu'on vendoit la mine
De blé ou de farine,
Quatre à cinq louis d'or.

Enfin le Roi de France
Devint victorieux,
Chaffant, par fa vaillance,
Les Anglois de ces lieux ;

Pour honorer enſuite
La Pucelle d'élite,
Qu'on avoit fait mourir,
Fit faire à ſa mémoire
La ſtatue à ſa gloire,
Et la fit embellir.

Le Roi vint à la place
Que l'on voit dans Rouen,
Faire la dédicace
De ce beau monument,
Ordonnant au plus vite,
Que tous les ans enſuite,
L'on fit proceſſion
En actions de grâces
Des faveurs efficaces
De Dieu dans ce canton.

Sainte-Marie la petite,
Saint-Eloi, Saint-Vigor,
Saint-Vivien, Saint-Patrice
Furent bâtis pour lors :
Ce fut en ce temps proche,
Qu'on fit la belle cloche,
D'une énorme groſſeur,
Quarante mille poiſe,
Nommée George d'Amboiſe
Du nom de ſon auteur.

Trente années enſuite,
Mil cinq cent vingt & un,
Une peſte ſubite
Fit mourir un chacun :
Les ſeigneurs de la ville
Se rendent très-utiles,
Inſtituant les marqueurs,

Traçant chaque demeure
De † blanche à toute heure,
D'ordre du gouverneur.

L'on fit la Croix de pierre,
Pour accomplir le vœu,
Au quartier Saint-Hilaire,
Qu'on avoit fait à Dieu ;
Puis fur la Cathédrale,
De quête générale,
L'on a fait élever
La pyramide belle,
D'une façon nouvelle,
Merveille à remarquer.

Mais un maffacre horrible
Survint foudainement,
Des huguenots terribles
Montgommery puiffant,
Par cruelles entreprifes
Renverfent les églifes
De Rouen pour certain,
Sans aucune relâche,
Pillent & volent la châffe
Du corps de saint Romain.

Le zélé Catholique
Pourfuivant l'huguenot,
Un combat héroïque
Lui livra à propos
Au lieu nommé la Croffe,
Et reprirent par force
La châffe du patron,
Puis de la rue des Carmes,
La portent à Notre-Dame
En dépofition.

HUITIÈME PARTIE.

Les huguenots sensibles
D'avoir été vaincus,
Par des massacres horribles
Firent rougir les rues :
Auprès du Gros-Horloge,
Presque chacun déloge
Dedans chaque maison ;
Ensuite on les massacre,
Et depuis, pour remarque,
La rüe porte le nom.

Fort Sainte-Catherine,
Vieux châteaux, vieux palais
Montgommery ruine,
Assisté des Anglois,
Pont-de-l'Arche au ravage,
Et Rouen au pillage
Par grandes cruautés :
Nos magistrats honnêtes,
Pour épargner leurs têtes,
Se retirent à Louviers.

Il porte le carnage
Par des faits inouïs,
En exerçant sa rage
Sur bien d'autres pays :
Le Roi par vigilance,
Dans cette violence
Agissant prudemment,
Est venu en puissance,
Le prendre en diligence
Au siége de Rouen.

Après l'on vit paroître

Jacques Rohan le berger,
Qui fit bientôt connoître,
Certaine nouveauté,
Trouvant près Martainville,
D'une manière habile,
Une mine d'argent,
De quoi l'on fit fans doute
La cloche fur la voûte
Que l'on fonne à préfent.

Au château de Vincennes,
Charles neuf étant mort,
D'autres nouvelles peines
Nous furvinrent d'abord,
Henri trois, Roi de France,
Régnoit fans affurance :
L'huguenot en courroux,
Quand les gens de la ligue
Font tuer par intrigue
Ce bon roi dans Saint-Cloud.

Henri, Roi de Navarre,
Premier de nos Bourbons,
A vaincre fe prépare
En différents cantons,
Prétendant la couronne,
Et monter fur le trône
Des Monarques françois :
Mais par nombre de brigue,
Les troupes de la ligue
Lui difputent fes droits.

Le grand duc de Mayenne
En étoit général,
Qui d'une humeur hautaine
Fit tant de coups fatal,

Animé par l'Espagne,
Qui toujours l'accompagne
Dans ses fâcheux projets,
Veut vaincre la puissance
De ce vrai Roi de France,
Maltraitant ses sujets.

Le Roi paroit en tête,
Sans craindre son rival,
Son armée se tient prête,
Campée à Darnétal :
Monsieur de Longueville,
Commandant sur deux mille,
S'en vint d'autre côté,
Combattre en diligence,
Ces ennemis de France,
De leur témérité.

NEUVIÈME PARTIE.

Quatre vingt cinq mille hommes
Dans Rouen renfermés,
Remplis d'audace énorme,
Et bien fortifiés,
Faisant souffrir des gênes
Et de cruelles peines
Aux plus riches bourgeois,
Jusqu'à même les prendre,
A leurs portes les pendre,
Par des injustes lois.

Notre Roi Henri quatre,
Hardi comme un lion,
Ne cessant de combattre
Et vaincre en tout canton,

Devint bientôt le maître,
Pour donner un bien-être
A ſon peuple François,
Parcourant champs & villes
Et juſqu'au moindre aſile,
Pour y porter la paix.

Mais l'armée des rebelles,
Quoique forte à ſon tour,
Supportoit des nouvelles
De perte chaque jour :
Car notre grand monarque
A la bataille d'Arques,
Ne manquant point d'ardeur,
Fit par cette entrepriſe,
La France être ſoumiſe
Aux lois de ſon vainqueur.

Parmi les feux & flammes,
Et les coups de canon,
L'ennemi rendoit l'âme
Aux pieds du grand Bourbon;
Lui, ſans craindre la poudre,
Bravant les coups de foudre,
Voloit de rang en rang,
La ſueur de ſon viſage
Augmentoit le courage
De ſes ſoldats vaillants.

Puis après tant de peines
L'on vit certainement
Au bout de ſix ſemaines,
Henri devant Rouen,
Lequel fit réſiſtance
A ce vrai Roi de France,
D'ouvrir ſes portes auſſi,

Quand le grand duc de Parme,
Guiſe & Mayenne s'arme
Avec tout le pays.

L'on vit, quelle injuſtice !
Un rebelle du tems,
Curé de Saint-Patrice,
S'armer pareillement ;
Des mendiants les quatre ordres
Cauſèrent tant de déſordres
Et par lui commandés,
Rougit tous pleins de rage,
Dans le ſang du carnage ;
Remplis de cruauté.

Après cette pourſuite,
Ils ſe ſont retirés,
Sainte-Marie la petite
Les tenoit renfermés ;
Le Roi ſachant l'affaire,
Outré, plein de colère,
Sur eux fit appointer
Deux pièces à boulets rouges ;
Mais perſonne ne bouge
Preſque prêts de brûler.

La moitié de l'égliſe,
Ainſi que ſon clocher,
Quatre canons détruiſent ;
Dans cette extrémité,
Lors ces troupes mutines,
Prévoyant leur ruine,
Se ſont rendus d'abord
Priſonniers de leur Prince,
Pendant que la province
Souffroit nombre d'efforts.

DIXIÈME PARTIE.

Par un coup remarquable
Au fort de ces combats,
Un homme reſpectable
D'entre nos magiſtrats,
Bleſſé dans la pourſuite,
Fut enterré bien vite,
Comme on le croyoit mort.
Lorſque ſon domeſtique,
Auſſitôt ſans réplique,
Fit déterrer ſon corps.

La ville étant bloquée,
Par les ordres du Roi,
Elle fut attaquée
D'un plus terrible effroi,
La ſoif qui la domine
Menaçoit ſa ruine,
Tariſſant le Robec,
Ainſi que les fontaines,
Pour la priſe prochaine,
Les réduiſant à ſec.

La ſoif & la famine
Furent ſi grandes à Rouen,
Que chacun ſe deſtine
Bientôt le monument ;
On voit dans la miſère
Périr pères & mères,
Ainſi que leurs enfants ;
Chevaux & d'autres bêtes.
Trouvent cruelles fêtes,
Pour ſervir d'aliments.

Le canon d'Henri quatre

Renverſant leurs maiſons,
Menaçoit tout abattre
En déſolations,
Sainte-Marie la petite,
Preſque toute détruite
Par les coups redoublés,
Il faut bientôt ſe rendre,
Auparavant d'attendre
D'autres calamités.

Enfin, les conférences
De monſieur de Villars,
Font entrer en confiance
Roſny ſur les remparts,
Puis en cérémonie
Vinrent en compagnie
Sur la place Saint-Ouen,
Rendre, ſans rien rabattre,
Rouen à Henri quatre,
Comme à leur ſouverain.

Les canons de la ville
L'on fit tirer en joie,
Tout le peuple docile
Crioit vive le Roi !
Des cloches en diligence,
En l'honneur de la France,
L'on entendit le ſon,
Puis belle muſique,
L'on chanta le cantique
De grâces en action.

Le Roi après s'approche,
Et rentre dans Rouen,
Puis logeant à la Croſſe,
Les quinze jours ſuivants,

Il fit, plein de clémence,
Entrer par abondance
Toute provifion,
Pour foulager ce monde
En mifère profonde,
Accordant leur pardon.

ONZIÈME PARTIE.

Ce n'étoit plus ce monde
Que l'on craignoit fi fort,
Chacun en joie abonde,
Et contens de leur fort ;
Sans aucune contrainte,
Vivoit fans nulle crainte,
Comme de vrais amis ;
L'on ouvre les boutiques,
Au travail on s'applique,
Le commerce eft remis.

Comme il n'eft point de rofe
Sans épine à l'entour,
Ce que l'homme propofe,
Dieu le difpofe un jour ;
On vit l'affreufe parque
Enlever ce Monarque,
Trop tôt pour fes fujets ;
Quand Ravaillac, ce traître,
Joua contre fon maître
Le plus noir des forfaits.

Son fils aîné Louis treize,
Le trône remplaça,
La France encore fut aife
D'un Roi tel que cela :

A notre ville illuftre
Il donne un nouveau luftre,
D'un appareil nouveau,
Par ce pont de merveille,
De beauté fans pareille,
Conftruit fur des bateaux.

VARIANTES ET ADDITIONS

A

L'HISTOIRE DE ROUEN.

Dans les sept ou huit éditions sorties des presses de Berthelot, Ve Ferrand, Lebourg, Bloquel, Lecrêne-Labbey, et consultées avec soin pour la présente reproduction, quelques mots diffèrent, changés par négligence ou volonté; sans mettre le lecteur en peine de choisir entre ces versions plus ou moins altérées, nous avons toujours adopté la plus ancienne, surtout quand elle était la plus généralement suivie: avouons pourtant notre hésitation pour le deuxième vers du troisième couplet (1re partie) que l'on sera peut-être tenté de remplacer comme l'a fait un des derniers éditeurs, de la manière suivante tout au moins plus géographique:

> *Ces peuples originaires*
> *De Gothie & du Nord.*

. . . .

De Napoléon à la Restauration, on ajouta ces deux couplets:

> *Louis quatorze enſuite*
> *Fut roi après ſa mort,*
> *Cet homme de mérite,*
> *De qui l'on parle encore.*

a

Louis quinze magnanime,
Sur le trône fublime
Monte enfuite après lui ;
Après, Louis feizième
Reçut le diadême,
Pour nous fervir d'appui.

L'on vit paroître en France
La Révolution,
A Rouen, d'affurance,
Caufa deftruction ;
Les églifes pillées,
Et d'autres renverfées,
Le culte eft aboli :
Bonaparte s'empreffe,
Par fa grande fageffe,
Le culte eft rétabli.

De 1815 à 1825 environ, le précédent couplet fut ainsi modifié :

L'on vit paroître enfuite
La Révolution,
Entraînant à fa fuite
Crime & deftruction :
Les églifes pillées,
Et d'autres renverfées, .
Le culte eft aboli.
Louis dix-huit reparoît,
La religion renoît,
Le culte eft rétabli.

Sous les règnes de Charles X et de Louis-Philippe, les quatre couplets suivants remplacent ceux qui

avaient été précédemment ajoutés et terminent
ainsi définitivement la chanson :

> *On vit d'autres merveilles*
> *S'élever dans nos murs ;*
> *Des choses sans pareilles,*
> *Fit Louis quatorze pour sûr.*
> *Louis quinze lui succède,*
> *Il trouve du remède*
> *Encore à plus d'un mal.*
> *Avec des sacrifices,*
> *Il fit bien des bâtisses,*
> *De plus un hôpital.*

> *Nous vîmes Louis seize,*
> *Sur nous après régnant;*
> *Ce prince fut bien aise*
> *De venir à Rouen.*
> *George d'Amboise, sans cesse,*
> *Pour peindre l'allégresse,*
> *Sonnoit en gros bourdon ;*
> *En secousse lancée,*
> *Elle fut bientôt cassée,*
> *Quelle désolation !*

> *Bientôt après, l'orage,*
> *Sur la France a grondé;*
> *Dans des tems de carnage,*
> *Rouen fut ravagé.*
> *Ses beaux temples antiques,*
> *Par des mains tyranniques*
> *Furent en combustion.*
> *Tel fut l'effet funeste !*
> *C'est toujours ce qui reste*
> *D'une révolution.*

De nos quais on projette
Quelqu'embelliſſement ;
Avec plaiſir s'arrête,
L'étranger maintenant.
Un nouveau pont s'élève,
Une place s'achève,
Grâce à tous les bienfaits
Que répand ſur la France,
Par ſa munificence,
Le prince des François.

FIN.

E. CAGNIARD, ROUEN.